張至妹 李富城的浪漫年代

屬於我們的老派情懷

Old School Romantic

李富城—著

目錄

前言——我的老派浪漫／7

Romance 1

那個年代的老派浪漫

那個8:1的時代／14
聯誼舞會／20
婚活作戰策略／26
金馬獎／31
擇偶模式重新啟動／34
我們是這樣約會的／41

Romance 2

親愛一家人

私訂終生／56
新成員來報到／64
職業婦女的生存法則／73
婆媳之間／78
起家厝／86

Romance 3

盡在不言中的愛意

大手筆生日 PARTY／96
牽手趣旅行／106

Romance 4

至死不渝

生命中不能承受之重／132
別了！我的愛／139

Romance 5

蘋果咬一口

我的蘋果理論／154
浪漫是什麼／159
後記——給至妹的一封信／162

前言

我的老派浪漫

我們那個年代所認定的「真愛」，完全不同於現今的「戀愛遊戲」或「遊戲戀愛」。我們合於禮教、遵循傳統，也重責任。我們絕不會隨時為了生理需求而去做一些不合禮教或傳統的事情。就像我的「蘋果咬一口理論」：自己選的蘋果，咬了一口之後，就不能因為覺得不好而丟棄或退貨。要嘛，一開始就不要去做選擇；如果選擇了，就要永遠保留它、珍惜它。

我寫這本書的重點，也是希望現在的年輕人，可以從中看到我的觀念，以及傳統中那些美好又浪漫的事。關於男女關係，關於男婚女嫁，關於婚姻與家庭，我真心希望時下的年輕人，在衝動之前能夠多為對方和自己想一想。

在我們那個年代，是很重視貞操和一對一的。雙方一旦做了選擇，就彼此努力經營關係、婚姻和家庭。那時候的女孩子，只要跟一個男人有過親密接觸，便是認定了牽手的伴侶，便不會再想第二個男人。我是這麼看的，假設男女之間的親密接觸氾濫了，行為不檢點、情感爛漫，那離婚也就隨便了。過去，離婚率很低，就是因為一對一，我選了她，她也選了我，雙方就努力經營婚姻和家庭。

我想，無論時代如何往前走，禮義廉恥的禮教是不會變的。愛情絕不只是玩樂至上，在生理需求之外，更重要的是責任。現在，雖然不至於要求三從四德，但男婚女嫁仍要有一個正確的觀念：結了婚以後，做丈夫的，要對妻子負責、對孩子負責，這樣的責任心不能隨便放棄掉。至於兩個人感情的保鮮、浪漫的情懷，是需要費心思去經營的，沒有什麼理所當然或白吃的午餐。

去年七月，與我牽手五十多年的至愛——至妹，她離開我了。這一年來，我時時刻刻都思念著她。回首這五十多年來的漫漫人生，我雖然從來沒有跟她說過一句「我愛妳」，但和她在一起的每一天，至今都仍歷歷在目：年輕時，我們一起胼手胝足建立了家庭；到孩子長大、離巢，我們倆都退休得閒，兩人年年出國去雲遊四海……如此逍遙的日子，若是可以再長一點，那該有好。到現在，至妹離開快一年了，我還是天天睹物思人，無論在家裡或是外出。尤其，每每走過精品店，都會望著櫥窗裡的衣裳遐想：這樣一件漂亮的衣服，至妹穿起來，肯定很好看哪……

老派的愛情，沒有乾柴烈火，也沒有情話綿綿。但可以從一而終地和一個人牽手走過半個世紀，便是我此生之中，最浪漫的事。

1
Romance
那個年代的老派浪漫

那個8：1的時代

民國五十年代，是一個（適婚）男多（適婚）女少的年代，男女的比例大概是八比一吧，比例懸殊到你無法想像，但也可想而知一女身旁有八男在追求，男性之間的奪愛競爭程度絕對比一級激戰還有過之而無不及。

這樣的現象，主要源自民國三十八年，國共內戰到了尾聲，中華民國三十六行省的大批士農工商及軍人和學生等都轉進了台灣，少說也有兩百萬人。

以軍人而言，陸軍以湘桂居多，海軍的主力則是山東及福州，空軍多來自四川。是以，空軍眷村多說成都話；四四兵工廠原址河南，於抗戰時期遷到了貴州，民國三十五年又搬到青島，民國三十八年來到台灣之後，四四西村住的是官，說的是河南話，四四南村住的是員工，說的是山東話；再如，國防醫學院係從長沙遷來，自是以湖南人居多。

來台落戶，一晃眼，十多年過去，到了民國五十年代，這些統稱外省人第一代的兒少已長大成人，且不少是大學畢業的優秀人才；可說是，當時進入婚活市場的男子，每一個幾乎都是一時之選的菁英分子。

然而粥少僧多，注定是不夠分配的。一時之間，才發現要娶個媳婦還真難，若沒有兩把刷子，恐怕也只能一輩子打光棍了。以我當時所服務的空軍氣象中心而言，五十名軍官裡，有一半都是未婚，有些在過了一定年齡之後，也沒了結婚意願，而適婚男子能交得上女友還有幸步入結婚禮堂的，一年也只有兩三位而已。

反之，在那個年代，若家中有幾個適齡女兒，必是賓客絡繹不絕，女孩子身邊，也永遠總是不會缺少護花使者。

好對象，總是大家搶，這是一定的，不是我看上了誰或挑了誰就是誰，也不能用交朋友或玩玩的心態去交往，雖說是自由交往而非媒妁之言，但通常是以結婚為前提的，男女雙方都心知肚明。所以，一旦看上了好對象，就要想盡辦法去找關係，好讓彼此有連結，加速往前發展的腳步。

講一段有趣的插曲。我在空軍氣象中心上班時，那時位階雖只是少尉，但已有吉普車接送上下班的福利，因為氣象中心是二十四小時輪班制，一天有四班人進行輪值，我們的上班時間既不固定也和一般上班族不一樣。某一天，司機在執行接送勤務時，意外地撞倒一名女學生，緊急送到台大醫院，幸好傷勢沒有很嚴重，可仍需住院療養；女學生住院時，由她的兩位姐姐照顧著。一聽聞有兩位適婚女子，軍官就相繼以慰問藉口去探病，每天都去，但意不在傷者，而是那兩位姐姐；更有甚者，一位上尉為了搏得好感，竟大手筆地花了兩百元買了四顆進口的五瓜蘋果（一顆蘋果要價五十元，而軍官的月薪也只有四百五十元）；於是上演了一場蘋果之戰，另一名平日省吃儉用的軍官，一送就是兩箱，這下子可在醫院裡掀起轟動了，只是傷者一家人也嚇到就此閉門謝客了。

那個年代的大環境便是如此。那麼，想討媳婦的男子就得自求多福，即使難如登天，也要使盡渾身解數，將全身所有的本領使出來，以贏得女子的歡心。另一方面，因應市場需求，買賣式的婚嫁也因而風行，價碼，說好聽點，叫聘金，從兩千到兩萬元都有。

總之，不想孤老一生，就得自個兒想法子。

而我的法子是，參加屬於那個年代的潮聯誼——舞會。

老派觀點

好對象，總是大家搶，這是一定的，雖說是自由交往而非媒妁之言，但通常是以結婚為前提的，男女雙方都心知肚明。

聯誼舞會

民國五十年代的娛樂活動，可不像現在這麼五花八門。那時候，最潮的娛樂就是跳舞，最時髦的社交場所就是舞廳。國軍軍官俱樂部（現今的國軍英雄館）內就設有舞池。還有幾個舞廳也是很熱門的，像是：武昌街的東方舞廳、北平東路的維納斯舞廳、青島東路的華僑舞廳；其他如：米高梅、仙樂斯……當時台北市有執照的舞廳一共七家。不過大家還是比較喜歡去市中心的如：東方舞廳，交通方便嘛。

舞廳呢，雖然是晚上才營業，但腦筋靈動的商人把中午到下午五點這空檔時段給包了下來，提供情侶和單身男女一個約會和聯誼的去處。這樣的下午場次叫「香檳場」，沒有舞小姐，要自己帶伴，入場費是一個人十塊錢，女孩子半價，另附茶水一杯，消費便宜。約會就約去那裡，兩個人十五塊錢，就可以泡一整個下午，如果女生願意跳慢舞，有耳鬢廝磨的機會，更容易產生情愫。

軍人擅交際舞，當然也跟時代背景有關。當年，海空軍軍官常有因接機接艦而赴美受訓的機會，在西式教育的薰陶下，跳舞也是國際禮儀之一，許多軍官都擅於舞會交際，華爾茲、蘇格蘭土風舞……樣樣都行。空軍官校畢業的軍官更是「舞功」高強，因為畢業之前都上過四週的「國際禮儀」課，從餐桌禮儀到交際舞，早早就練足了功夫。

當時，軍中也流行辦舞會聯誼。主辦的軍官想法子約來專科的女校和護校的學生，或是央求學長的太太去約適婚女子。反正一到周末，營區裡便氛圍雀躍。前來參加聯誼舞會的單身女子，除了女校和護校的專科學生，還有護士、老師、大學生……等，每一位女孩都是寶。我和我一生的至愛——內子張至妹，就是在這樣的舞會場合裡認識的。那一年，她芳齡二十，我年二十九。由於她是我妹妹的同學，我們之間還多了一層可以接近的關係。沒關係的就拚命找關係以拉近距離，這是當時大家慣用的伎倆。

有趣的是，我和至妹初相識時，並未一見鍾情，我對她的印象甚至奇差無比；因為，那個晚上，她的打扮實在太不吸引人了。我還記得，那晚，她穿了一件刷毛的橫條衣服，看起來胖胖的，像個鄉巴佬似的。但，誰想得到，老天爺偏又給了我和她第二次機會。或許，這就是姻緣天注定吧。

我們的第二次見面，其實都是陪人家去約會的，她陪她同學去，我陪我同學去，還好有這一次機會，我才能扭轉第一次的不好印象，看到她可人的一面。那天，她穿了件白色上衣，很素靜，又稍微有一點點修飾，打扮和舞會那晚全然不同。不講話時，靜靜的，笑起來還有一個梨窩呢，尤其在大白天裡，更顯清新可愛，我這才對她有了好感。可見，人還是要衣裝哪。

有了好印象之後，便進一步打探她的身家。一問，是湖南人，外省人，很好；再問下去，是我妹妹的同學，都是樹林中學，關係就越扯越近。

話說，至妹的個性是很外向的。她不僅身兼聯誼小組召集人，同時身旁至少有八個人在追她；其中有一人是外科醫生，同時是湖南老鄉，並深得她雙親的青睞，還好護校畢業的她，在醫院裡見多了醫生，並不覺得特別稀奇，也不愛工作繁重而沒有時間分給家人的醫生，我才有機會進一步親近她。

雖說，軍中聯誼舞會是結識異性的一個管道，但是，實際能步入結婚禮堂的卻不多。因為，女生實在太奇貨可居了。尤其，當時應邀來聯誼的，都是學歷至少高中或專科以上，甚至大學生；大學畢業的高學歷適婚女子，她們可以選擇的對象很多。於是，有些急於成家的，或是一些不會跳舞交際的軍人，便到鄉下去找結婚對象；說好聽點，是靠媒妁之言，但大家都心知肚明，那其實是挑好就一手交錢一手交人的交易。

婚活作戰策略

我的個性，向來不喜躁進，凡事都有事前規劃。在擇偶及成家上，亦是如此。因此，在進入「婚活」戰場之前，我便已用心地分析過這個場域。

當時，我的觀察是，很多男生在追女生時，喜歡 doubledating，二對二或打團體戰。畢竟在那個年代，女生比較矜持，一開始就一對一約會，是困難些。相較之下，二對二的約會比較容易，配對成功率也高些。還有一附加好處是，可以分擔計程車資；但壞處是，人多嘴雜，有時為了競爭和蓄意討好某一位受歡迎的女生，而出現成事不足敗事有餘的長舌男，互曝短處，反倒壞了好事。

所以，我早已事先擬定作戰策略：先鎖定目標，然後單兵作戰，順利將目標對象約出來之後，就遠離容易被撞見的市區，而到青山綠水的郊外去踏青玩水，若要在市區裡約會，也只選擇不易被發現的活動，如：看電影、喝咖啡、跳茶舞……

有了作戰策略之後，目標對象要如何鎖定呢？首先，在眾多美女之中，將難追的大紅牌和最美的那些給放一邊，這些女生的周圍通常都被眾多的追求者給圈得很大，不易攻入核心；其次，把冷若冰霜的美人也排除。消去法之後，鎖定數十美，想辦法拿到聯絡電話，再進行個別邀請。

只是，戰略雖好，但戰場隨時有變化，鎖定的目標裡，有好幾位都已被約走了。於是，自我檢討之後，決定採取提前兩周的邀約策略，並在約會日來臨之前先以文字攻擊。在約好日期之後，我利用一人在營期間，以最美麗的文藻寫下兩周以來的思念之情，再於見面時將信件悄悄放入女生的包包裡。

就這樣，我展開了生平第一次的約會。吃飯、看電影，很一般且老套的。

第一次約會的對象是我妹妹的同學，一位官二代的小姐。她的父親是中將，自小嬌生慣養，家中有勤務兵、管家、廚子……不乏人侍候。為了讓她有好印象，那天上午，兩人依約見了面之後，按表操課，先在新公園（現今的二二八紀念公園）逛逛，中午吃個午餐，下午再去看場電影。用餐也毫不小氣地，在探詢了她的意見和喜好之後，我們一起選了中山堂內的一家江浙小館，點了兩菜一湯，吃得很不錯；但帳單一來，八十五元，我驚呆了。下午去看電影，再送她回永和的家，一次約會下來就花掉一百五十元，我一個月薪水的三分之一（民國五十年，我時任上尉職，月薪四百五十元）。之後的幾次約會，

曾帶她去划船，她擔心一堆，去公園吧，她也很驚嚇，說坐在公園裡會被丟石頭，不安全，怕東怕西的。

結果，三個月下來，我連這位小姐的手都沒牽到，薪水卻一毛不剩。我左思右想，決定變更作戰方式，在下一次的約會時，午餐吃中華路清真館，返家改搭公車；表面上看似狀況無異樣，但從此再也沒有下一次，三個月的單純交往，連小手都沒摸到，便短命地平和落了幕。

總結，初戰即敗的主因：糧草不足。

金馬獎

戰事因糧草不足而無寂而終之後，我重新檢討了一下，自認交友時機未到。未料卻又在偶然的機緣之下，認識了一位國立台灣師範大學四年級的女生，人長得很美，我和她彼此算是投緣。兩人約會也不浪費，一碗大魯麵就可以解決一餐。碰過小手，也攬過腰，感覺還挺有向上發展的可能性，怎知就在此時收到派令：奉調金門一年。

我剛到金門時，雙方還有魚雁往返，然後

漸行漸遠，最終音訊全無。一段才萌芽的戀情，就此嘎然而止。我雖不感到痛苦，但心中不免遺憾，想著若不是奉調金門，會有什麼樣的發展呢？但轉念一想，人生的路途上，會有什麼意外，會遇上什麼人，都是無法預期的。她或許本來就不屬於我，只是我生命中的一個過客。現在再回想起來，真是連兵變都談不上哪。

在外島的一年期間，金門還處在「單打雙不打」的年代。單號日時，總不時聽到炮彈劃過天空的咻咻聲。初到金門時，心裡很恐慌，沒過多久也就習以為常了。想想那真是恐懼、孤寂、漫長的一年，也是沉潛的一年。

那一年，我沒有朋友、只有同志。某一天，

一位好同伴前往金門尚義機場接人，一顆流彈正對著他的鼻心射來，二十二歲的年輕生命就這麼殞落了，真是令人不勝唏噓。

老派觀點

人生的路途上，會有什麼意外，會遇上什麼人，都是無法預期的。

擇偶模式重新啟動

外派金門一年的好處之一，就是孤島上無處可消費，再加上我不菸不酒，簡直就是屯糧草的好時機。之前彈盡糧絕的窘況不再，取而代之的是月月向上增加的帳面數字。

一年之後，我再回台北，糧草已豐。我先去空軍總部旁的服裝店，訂製了一套軍便服；除了讓自己門面更帥氣些，也給自己壯點信心。

這一年底，空軍氣象中心開耶誕舞會，榮民總醫院的護理人員也受邀參加，小張，張至妹，就在此時走進了我的人生，重新啟動了我的擇偶模式。

那一晚，芳齡二十、個性開朗外放的她，是舞池裡的紅人，有如一隻花蝴蝶般滿場飛舞，身旁總有人圍繞著，怎是我們這些後生小輩挨得上邊的。我看準時機，上前邀她共舞一曲，還順利要到了聯絡電話，可說是一出手就成功了一半。但說實在的，我那時並不太中意她，是到了第二次見面時才對她有好感。

對於擇偶，我完全是「外貌」協會的。我的想法是，我不會一輩子都只當個小軍官，等將來升官了或是事業做大了，我一定會有需要攜伴出席的場合，屆時總得要找一個帶得出場的另一半。我承認，在選擇結婚對象時，是很挑剔相貌和談吐的，並非性別是女的就可以；她可以不必美若天仙，但一定要是好看的，也要是有內涵的。在外表和學識這兩方面，小張，都很符合我的擇偶條件。

如同我先前所觀察研究的，那個年代為了容易約到女生總是二對二或三對三的打團體戰，但戰績卻是難看的。正因人多嘴雜，還會為了爭風吃醋而互曝其短。所以，我完全不考慮這樣的戰術；更何況醫院裡的美女護理人員是那麼的搶手，總是被醫師給近水樓台先得月，我一定得打破常規，才能出奇制勝，贏得芳心。

知己知彼，百戰百勝。在展開追求之前，

我得先做足功課。首先，搞清楚有哪些人對小張有意。一查，哇，可真是不得了：有外科醫生、台北市議員，也有理工學院背景的，更有幾位是我認識的學長，個個背景都挺優質，可惜都太忙了，一周抽不出多少時間約會。我再一查，小張大多輪大夜班，也就是白天有空，而我的上班時間正好是可調配的。

我和小張的第一次正式約會，就只有我和她兩人。我們去了碧潭划船和拍照，吃了擔仔麵，又去看了場電影，我再送她到石牌的榮民總醫院上班，並且買了兩份不一樣的水果給她，言明一份是她專屬的，另一份可和同事分享，而且交待她要保密，千萬別透露是和我去約會。

為了成事，我真是用盡心機。

儘管這一次約會，並沒牽到她的小手，但感覺是甜美的。我個人認定是一次很成功的約會。我也據以擬訂之後的作戰計劃，只要她有空，我一定要陪在她身邊，不讓其他人有任何趁虛而入的機會，而且絕對機密，完全不讓任何人知道我和她在交往。

當然，我還有一項大優勢：那就是小張是我妹妹的同學，我的情報系統比其他人更加確實有效率。

幾次約會下來，我發覺，小張雖然外向奔放，但很善良。再者，她有個客家名——張至妹，但實際是湖南人，這一點也大大加分；因為，我總是心心念念著母親的叮嚀：「老三啊，你可要娶個外省媳婦回家。」（我的大哥和二哥都娶了台灣媳婦，每當兩個台灣媳婦碰到一起，就開始用我母親聽不懂的台灣話交談，我母親雖然沒有明著對兩個媳婦有微詞，但曾私下跟我說，盼著我能夠娶個外省媳婦回家。）

在更加確定小張是未來攜手同行的伴侶之後，我又再訂了新的作戰計劃：黏緊緊。那時，軍公教開始有休假制度，每一位公務員都有兩周的年假，我從妹妹那兒一獲得情報，得知小張將年假排在三月，便也立即排了和她同時間的休假，以緊迫盯人的方式，整整半個月，兩人到處去約會，就是不在台北市區內，每天從早到晚，

寸步不離，感情也疾速加溫。

老派觀點

知己知彼，百戰百勝。為了成事，我真是用盡心機。

我們是這樣約會的

民國五十年代初期的約會是什麼樣的，現在的年輕人應該無法想像。

那時候，我們想碰觸到女孩子，不論是牽手或攬腰，都是很難的。並不是前一天晚上在舞會裡曾經一起跳過舞，隔天約出來就可以在大街上大方地牽手、攬腰走在一起。舞會裡的肢體碰觸，充其量只能算是同歡，並不能代表什麼親密行為，更何況可能一整晚跳下來，都還不知對方的名字；尤其是舞池裡的紅人，大家都想跟她舞一曲，一曲換一個人，她哪知道誰是誰啊。

當年，舞廳裡大多流行跳快舞，像是Fox狐步，大概是四支快舞搭一支慢舞，女生很清楚慢舞會給人有磨蹭的機會，所以也會挑選來邀舞的人。一開始跳慢舞時，兩人中間的距離大概可以放個籃球吧，慢慢地縮短距離到放個棒球，然後是一個乒乓球，最後就沒有球了，終於進展到貼在一起跳。到了這個地步，男生的心裡當然滿是慾火，恨不得剝光對方身上的衣服，看看衣服裡的她到底是什麼樣啊，但再怎麼想，也是不敢，連擁吻、摟抱啊，都不敢。

所以，如果有機會可以再約出來約會，也只是抱著「一回生、二回熟、三回變好朋友」的想法，增加交往的時間，儘管內心裡已經很澎湃，也不會在大庭廣眾、眾目睽睽之下做出什麼擁吻、摟摟抱抱的舉動。可以說，光是牽個小手，就夠引人側目的；如果是攬到腰，那就會有一堆人注目。還有啊，八比一，那個競爭真的是很激烈，男人為了搶奪女人而當街火拼，也是有的。這也就是我為什麼在約會時都不讓人家知道或看到的原因，太過激烈的市場競爭是很容易壞事的。

民國五十年代初期的台北市，繁華地區大概就是西門町，去那裡很容易碰到熟人，既然要保密交往，就得往人少的地方去。剛好，小張愛山、我愛水邊，我就帶她去陽明山、烏來、碧潭、基隆、石門水庫……這些好山好水、親近大自然的地方去玩，除非有好的、想看的電影上映，才會在市區裡約會，不然就一定往郊區跑。躲到郊區約會還有一個好處，就是花費少，因為我的交通費是半價，兩人用餐時也不必特地找館子。快樂的時光總是過得特別快，半個月的密集作戰時期一下子就結束了，我和她因而建立了深厚的感情基礎，往後的日子就很好過了，她的休假日約會對象自然非我莫屬。

隨著交往時間的累積，兩人的感情也愈來愈親密，是免不了要卿卿我我的，只是那畢竟還是一個非常保守又封閉的時代，誰膽敢在大街上摟抱、接吻啊。那時已有旅社，但不敢走進去，咖啡館也不怎麼適合，電影院裡勉強可以，可旁人還是會察覺、側目……說實在話，從古到今，哪一個男人看到女人會不想要、會不想把她剝光了看；但是，禮教在那裡，很多事情不能逾矩，即使男人想越雷池一步，女人也會拒絕，甚至只是上「一壘」，也不能是在大庭廣眾之下。

商人就是雷達靈敏，他們看到了年輕人的「特別需求」。先是淡水河畔的蘆葦草區，被商人開發出露天卻隱密的咖啡館，高高的蘆葦草是天然的屏障，裡頭擺兩張躺椅、一張茶几，還有蚊香侍候，即便是夏天，也不覺得熱，水畔偶有涼風習習，還挺愜意的。之後，還有進階版的「暗黑咖啡館」應運而生，取名「純喫茶」，初進室內，伸手不見五指，像是暗房一樣，坐位設計成有如火車廂裡的卡式雙人座，高椅背，隱密性高，你看不到別人，別人也看不到你，儘管大家來的目的都一樣，但誰也看不到誰在做什麼……一待一個晚上，除了沒辦法上床之外，什麼都能做，是培養愛戀情愫的好地方。

還記得，我和小張常去的那家「老船長純喫茶」是在峨眉街上，以前的婦幼醫院（現在是昆明醫院）旁，算是繁華地段的邊陲地帶，非我族類不會走到那裡的偏僻小店。地下室，環境好，燈光幽暗，氣氛浪漫，在裡頭約會很容易擦出火花，但再怎麼樣也只能上「一壘」，連想盜上「二壘」都很難。那個時候的女孩子是很保守的，不會隨隨便便在沒結婚之前就給出貞操，未婚的非處女幾乎是沒有，也就是沒有什麼「婚前性行為」這種事的，更不用說「試婚」，是根本不可能的。至於「奉子成婚」「未婚生子」，更是何等難堪、不被接受的事？

說到性行為，哪一個男人對女人不存在性幻想呢？但是在那個年代，A片是什麼東西啊？根本沒看過！性資訊封閉，性知識是零，對男女關係之間的性事是完全不了解的，只會胡思亂想，像是：男人睡覺時會「夢遺」，那假設晚上和女人睡個覺，夢遺了，精蟲就自己爬進去女人身體裡了。相信嗎？我是到了二十七歲才知道怎麼樣才能生孩子。在這之前，我真的以為只要一男一女兩個人抱在一起窩到被窩裡睡個覺就可以生孩子了。

一直到和小張在一起之後，我才開始有機會實際摸索「性」事，才慢慢對女孩子的身體有一點點了解，知道什麼地方是什麼……但是，在交往期間根本不能越雷池半步，只能上到「二壘」，也就是接吻，頂多隔著衣服磨蹭上半身假裝盜上「三壘」的火熱……撩得自己心裡癢得不得了，但千方百計、十八般武藝，使盡各種手段，不行就是不行。而且，我愈想盜壘，她就守得愈嚴，一次約會下來，攻城攻了十多回，卻沒一回攻克的。我們就是這樣談戀愛和約會的。

當然，那時候的男人也會有一個想法：先佔有了女孩子的身體，她就不會跑了。可是，女孩子不肯啊。女孩子的想法也是：「我跟你上了床，就是你的人。」但，她不要在結婚之前上床啊，她堅持保留完璧到結婚的那一晚，那樣睡在一起才有意義。也就是，中國儒家的禮義廉恥，禮教就在那裡，我們還是要正視並謹守分寸。

除了約會，我還很會寫情書。通常約完會，送她回家或回去醫院上班之後，我就會利用上班或值班的空檔時間寫情書，兩人約會的感覺、她的美麗、我如何喜歡她、愛戀與思念之情啦……一寫就幾千字，滿紙的風花雪月，下一次約會時再交給她拿回去看。對比現在智慧型手機的即時通訊，火星文字外加貼圖，我那動之以情的長篇情書可真是超級老派的手法，是不？

◀ ▼新公園，現為二二八和平公園

▼碧潭，空軍烈士紀念塔。
我們在此地戀愛，五十五年後，最終也歸宿於此。

▼橫貫公路天祥段「長春祠」。

2

Romance

親愛一家人

私訂終生

從民國五十一年到五十二年，我和至妹交往了將近一年左右的時間。這中間，還是有很多人在追她，她有時也會三心二意。其中，有一個和她同在榮總的開刀房醫生，有「榮總第一把刀」之稱，也和她一樣是湖南人，是他們家的親朋好友，她父親非常中意他，他也差人來她家說過媒。可是，同在醫院工作，她看得很清楚，嫁給醫生，當醫生娘，被人羨慕，只是表面上風光，實際上卻是沒有家庭生活可言的。她曾經跟我說過：「醫生每天都在醫院裡忙，勞累得很，根本沒有私人生活，也沒有時間陪家人，我才不想要過這種生活。」

生性外向奔放的至妹，是崇尚自由的，玩性很大，很喜歡玩。她告訴我：「我想要過得很自由，也想要老公陪我一起去玩。」很幸運的，我當時的工作型態正好可以滿足她這方面的想望，每當她有休假，我一定陪她到處遊山玩水，她也默認了這段感情。在民國五十二年的年中時，我和她的感情已穩穩地走到了論及婚嫁的地步，儘管她也才二十歲多一些些，但她也已經有結婚的念頭。

在那個年代，男婚女嫁不只是男女兩位當

事人人生中的大事，也是男女雙方兩個家庭的大事，必須要先取得雙方家長的認可才行。可偏偏我和她的交往一直是連雙方家長都瞞著的，一下子突然跑去她家說要娶她，成不成得了事也很難說；雖然我對自己的人品及各方面都是很有自信的，但能否過得了未來丈人和丈母娘那一關，我也沒什麼把握。後來是，我們先去中山北路給她做了旗袍，接著又去重慶南路的白光攝影社拍了訂婚照，彼此先有了私下訂終生的約定，才安排了見雙方家長的時間。

我記得，那是七月裡的一個下午，我家裡只有兩老在，我帶了至妹回家介紹給我父母親，坐下來聊了一個下午，我媽媽很喜歡她，一直聊到吃完飯後，我才送她回家。當時，我家在四四南村，她家在水源路（現在的自來水博物館旁），我們兩人沿著基隆路走，一路上很開心，有說不完的話。之後，輪我去她家見她的父母親，起初她媽媽是很反對的，一來我是軍人，二來家中又有很多兄弟，但我還是去她家，有時陪她媽媽講講話，有時只是安靜地坐著，以誠意、耐心打動了她的家人，然後就安排了雙方家長見面和提親。

提親之日，我請了一位在國防部任職的上校當媒人，和我一起登門提親，他們家沒有要求大小聘，只交待我要善待他們的寶貝女兒。總之，雙方家長很快談妥了這門婚事。接下來是婚禮的籌備。想當然爾，那時候是沒有什麼婚顧公司這玩意兒的，一切都是自己來，從訂婚宴場地、挑婚紗、印喜帖……樣樣都靠自己打點。

我永遠不會忘記，當我拿著喜帖到辦公室去發送時，是如何地驚呆了全場。沒有人想得到我的新娘竟是張至妹。張至妹耶，她可是當時承辦聯誼活動的火車頭，怎麼可能給李富城追到手呢。真的，那全辦公室都訝異到鴉雀無聲的景象，可把我也嚇到了。

突如其來的婚訊，也一樣在她的親朋好友圈引爆震撼彈。也曾有朋友問她：「嫁給哪一種軍人？」她回：「空軍。」朋友又問：「飛行的？」她說：「不是。」朋友再追問：「機械？電子通訊？」她回：「都不是！」朋友鍥而不捨地硬是要打破沙鍋問到底：「那到底是做什麼的？」她回：「氣象。」朋友終於忍不住地燒她冷水：「妳怎麼嫁給這樣一個冷門領域的。妳將來吃什麼？喝西北風嗎？」

當我知道她被朋友這樣說時，我心裡暗自下定決心：「我一定不會讓妳喝西北風。」

民國五十二年十月十八日，我們結婚了。婚宴辦在台灣銀行總行的餐廳。新房在我家，也就是跟我父母同住。

順帶一提，那些年，我們軍官一起追的榮總護士小姐約有二十來位，修成正果的只有兩對，就我和另一位學長。我和這位學長的性格有些相似，和女朋友交往期間全程保密，而且都有一顆誠懇的心和完全的責任感。

新成員來報到

先前有提到，關於「性」事，我是到了二十七歲才知道，原來並不是男女在被窩裡睡一覺就會生孩子的，直到二十九歲有穩定交往對象時，才對女人的身體有一點實際的摸索。但是，一直到了新婚之夜，我和新婚妻子至妹才真正有了「第一次」。「房事」初體驗，對於兩個完全不知房事是怎麼一回事的人而言，就是搞得兩個人都很緊張，腦子一片空白。還好，隔天一早，我媽媽來新房裡收床單，鑑定結果出爐……是滿意這個媳婦的。在那個時代，娶進門的媳婦是不是處女，還是很被夫家在意的，婆婆驗收新人床單也是理所當然的。

婚前，我和至妹的感情就很好；婚後，有了床笫上翻雲覆雨的激情，夫妻關係就更加升溫和甜蜜。都說祝賀新人早生貴子、多子多孫多福氣，結婚本就是為了生子，傳宗接代的觀念在當時也是很理所當然的；所以，在結婚之後，我們就完全不設防，立即展開生子計畫。

如前所說，我是一個凡事都要事前縝密規劃的人，生子之事自也不例外。我看了很多書，仔細研究「一舉得男」的方法，以一圓我父親想抱孫子的願望。（我的兩個哥哥都是連生女兒，我父母親一直沒抱到孫子。）

民國五十三年的初秋，傳來了好消息：至妹在醫院工作時，突然昏倒，一經檢查，是懷孕了。從這一刻開始，她除了上班依舊，其餘的一切（包括家事）都由我來。只是，在那個台北市大眾交通運輸系統還不完備的時代，榮總的交通車也只到西門町，得再轉一趟20路公車才到得了四四南村，她懷個孩子這一路擠巴士還是挺辛苦的。

民國五十年代，也是個醫學發展相當有限的年代，沒有超音波顯像檢查，懷胎十月也不知肚子裡懷的是男孩或是女孩。民間是有一些可以辨別腹中胎兒性別的傳說，像是：看孕婦的臉色、肚子的形狀和聽胎兒的心跳……等等的，但沒生出來之前都沒個準。

民國五十四年四月十二日，至妹如常地下了班、回到家，也沒感覺到陣痛，卻在就寢前落紅了，她緊張地跟我說：「我們趕緊去醫院。」我還一時沒回過神來。臨出門時，隔壁鄰居范媽媽剛好跟我母親在門口聊天，范媽媽瞥見至妹在流血，就立刻跟我父親道喜說：「恭喜啊，老李，先見紅，一條龍，你要抱孫子囉。」

老大是在中山北路的婦幼醫院（現在是晶華酒店所在地）出生的。生產過程很痛苦。因為先破水、落紅，乾生，持續的痙攣，讓她整晚一直喊痛，喊到我的心都慌了，一直到了隔天（四月十三日）上午的十一點，她才被推進產房。那時根本不時興陪產，不能進產房的我，只能在門外乾著急地等消息。十二點，護士出來報喜，我只問：「是不是大小均安？」她回說：「都很好。」我就沒再多問什麼。過了一會兒，護士又出來說：「恭喜啊，是男孩。」我只淡淡地回了個「喔！」我的想法是，是男是女都好，我最關心的是：人要平安。

護士小姐把我的反應告訴至妹，說我跟一般老公不一樣耶，一般人都很在乎性別，鐵定會先問是男是女，若是生男，就欣然接受恭喜，如是生女，就回一句：「也好。」我呢，卻完全不問性別，真是奇怪啊……至妹聽了之後，也就笑一笑。

我們外省人不太會做月子，只懂得催奶。我母親又對這位三媳婦特別照顧，雖然不會煮麻油雞，但熬起豬腳凍特別講究，一定選有蓋七星章印的豬前腿。一個月下來，她沒胖，身材依舊如以前曼妙，倒是我胖了許多。

話說，家中迎來新成員，最高興的是我老爸，終於有孫子可以抱了。但同時，他也憂心了起來。說到這兒呢，是很不可思議的一件事，而且要從至妹初懷孕時講起。

至妹懷孕，鐵定是家裡的喜事，大家都開心得不得了，但從得知她懷孕起，我就睡得極不安穩，幾乎每天都做相同的夢：夢到小時候的我，頑皮又搗蛋，常像個野孩子似地在田裡跑來跑去，突然兩條小龍從草叢裡竄了出來，一大一小追著我跑，我跑進油菜花田裡，牠們就在油菜花頂上追，我躲進玉米田裡，牠們也跟到玉米葉上跑，然後我就被驚醒了，日復一日，同樣的夢境，困擾著我。民國五十四年的春節，我跟我母親聊起這個夢，她立即衝口而出說，你不知道現在這家裡有兩條小龍嗎，你老爸和小張肚裡的孩子都生肖小龍，正好一大一小啊。更奇妙的是，自從我母親一語道破的那一天起，我就再也沒做這個夢了。

不過，又據我母親透露，老小不相對，同生肖的人，老的會先走掉，李家三代都是如此。

比如：我大哥屬虎，我爺爺也屬虎，我大哥出生之後沒多久，我爺爺就過逝了。所以，我父親才會擔心歷史重演，因為我們家老大和他同屬小龍，他很害怕這一次會輪到他。所幸，我們家老大終結了這個噩運，爺孫並沒有相剋。

我們家老大是很得爺爺奶奶疼愛的。但說穿了，就是重男輕女。因為，我的兩個哥哥都有小孩，只不過都是女孩，我父親就從來沒抱過她們。我父親三十多年沒抱過嬰孩，再次抱起嬰孩，就是他的第一個金孫——我的兒子。同樣是媳婦，同樣也為李家生了後代，但至妹的地位就是不一樣，母憑子貴啊。民國五十六年三月十三日，我們再生第二胎，又得一子。

職業婦女的生存法則

四十五天的育嬰假結束之後，至妹返回榮總上班，並奉調急診室，還常要輪值夜班。體諒她身為職業婦女的辛苦，帶孩子的事，便由我母親和我兩個人接力承擔起，一個顧白天、一個顧夜晚。我母親本來就是偏愛這個媳婦的，而我更是沒話說地疼愛她。說真的，薪水賺得沒比人家多，就要對老婆更好。

而至妹在急診室待了一年多之後，因為表現好、字跡工整，又被院長調去承辦體檢業務。

民國五十年代，榮總開始開辦專門提供給歸國僑胞的付費體檢業務，三天兩夜住院全身體檢，費用高達兩萬四千元，而且只有二十個床位，分散在各科的頭等病房，全由她一手負責安排。

不得不說，在她接辦體檢業務的那幾年，為榮總體檢部門做了最佳的公關，由於她的服務態度和熱忱，讓很多僑胞回台體檢時都指定她協助安排，榮總體檢業務的好評與名聲也就這麼享譽海外。

榮總體檢業務蒸蒸日上之後，二十個床位已明顯不足，便在中正樓建成時，又首開了國內體檢專科，有專門的體檢房。為了在體檢科擔任內視鏡檢驗技師，至妹很認真地邊持家、邊上班、邊上夜校讀了四年，才終於補足學歷並考到了醫技人員執照。

那四年，對我的影響其實蠻大的。那時，家中除了我們的兩個兒子，還有我弟弟的女兒（我弟弟離婚，女兒沒人帶，便放到我家來，至妹也同意），我一天得準備四個便當，還要接送和盯小孩功課。為了幫忙照顧家庭，我沒法接受調動，升遷難免受阻；不過，這只是一時的。之後，至妹在榮總體檢科的優異成就，不僅把整個科做了起來，還帶上了很多腸胃科醫生，而她自己經營出廣大的人脈，更幫我做了不少公關，對我往後的事業發展有很大的幫助。

從十九歲進入榮總，一直到退休，至妹在

榮總做了四十五年，一手打造了榮總的體檢科，職業生涯是無比精采的。這四十多年期間，她身兼妻子、母親、媳婦、女兒、職場工作者等多個角色，還做得有聲有色、面面俱到，真的是很不容易也很辛苦的斜槓人生，我非常地感謝她，也很佩服她。

婆媳之間

從我帶至妹回家的第一天起，我母親就很中意她。當然啦，省籍也是一個原因。之前，我的兩個哥哥娶的都是台灣人，兩個台灣媳婦碰到一起就自然而然地講起台灣話，我母親壓根兒聽不懂台灣話，有時心裡難免犯嘀咕。而至妹是湖南人，是我們家第一個外省媳婦，人又嫻淑，一直很得我母親的疼愛。

我們剛結婚時，是住在我老家的，和我父母親同住，一住也住了十來年。婆媳同住在一個屋簷下，最令人擔憂的無非就是婆媳問題吧。因為一講到婆媳關係，大家腦子裡都會有很多畫面，尤其是看多了電視劇裡的婆媳劇情，再加上三姑六婆的閒言閒語擴散，難免映射到現實生活裡來。所幸，我母親和至妹這對婆媳處得很好。至妹是一個好媳婦，從來不會在我面前搬弄是非或說什麼閒話的。我母親也是一個好婆婆，不會在我面前數落媳婦這或那的。對我而言，她們兩人相安無事，沒有搞什麼婆媳問題讓我夾在其間為難，我也是很幸運的。

對於至妹這個媳婦，我母親簡直是把她當作自家女兒來疼的。我們的第一個兒子，是我母親幫忙帶的，也是眾多孫子中，我母親唯一帶過的孫子；直到我母親八十多歲時，還親手穿針引線，一針一線地幫至妹縫製了一件手工鋪棉背心。而至妹在侍奉公婆上，更是沒話說的周到，把公婆當作是她自己父母般地悉心照料。無論是我母親或我父親的身體有狀況，都是至妹陪去醫院檢查或打點住院事宜；所有媳婦裡，就只有她真切地、毫無怨言地做到照顧公婆，而且還不時提醒我要表達關心，像是燉點雞湯去給我爸媽……

▼至妹與我的母親

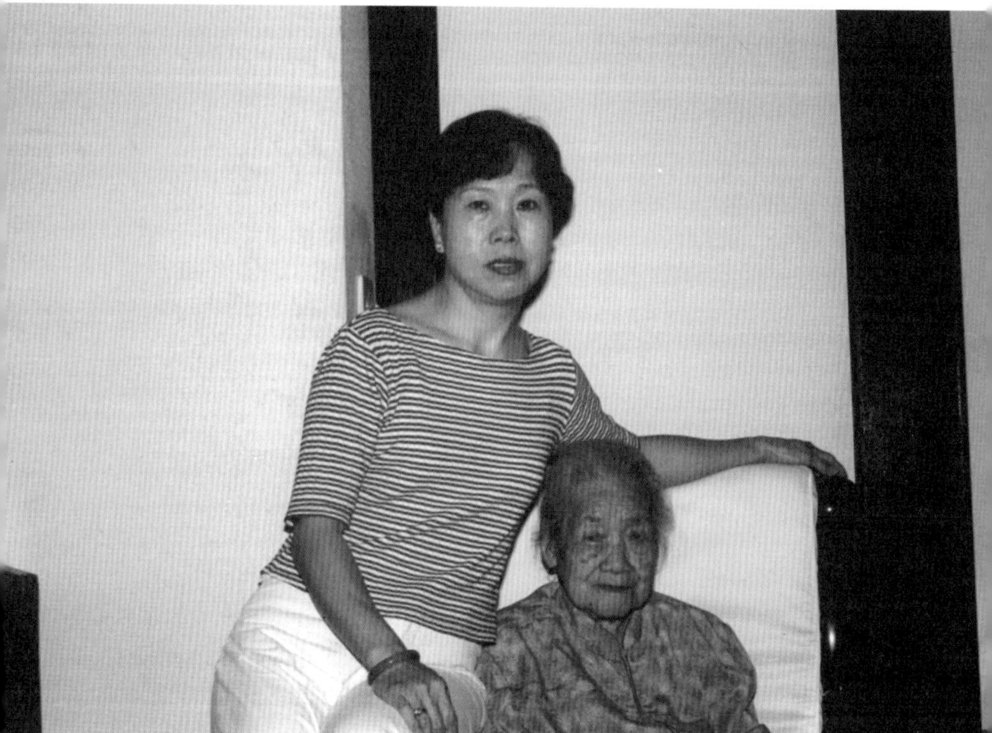

關於婆媳問題，我確實也聽說過很多很不可思議的故事，有些還是實際發生在我周遭的人與事。其中，有一個故事就發生在我同事身上。他結婚多年一直沒有子嗣，去做了身體檢查，功能也一切正常，但就是沒辦法讓他老婆懷孕，後來查出導致他老婆不孕的原因竟是「排斥」，他老婆身體會「排斥」他的精子，只要他的精蟲一進入他老婆體內就會被殺光光……而溯源到引發這「排斥」作用的元凶，則是他的媽媽，也就是他老婆的婆婆。原來，他們婚後也是住在老家裡，雖然有自己的新房，但他媽媽不許他們關房門，而且經常上門察看兒子和媳婦的動靜，看到兩人在被窩裡，還會掀被子質問：「你們在幹什麼？」碰到這樣的婆婆，媳婦當然壓力大，身體自然跟著出現反應了。這樣扯的情節，還真不只是電視上演的，而是真人真事，而且，我聽到的還不只這一樁呢。

這就是婆媳相爭，兩個女人搶奪一個男人的戰爭。婆婆完全忘了自己是怎麼走過為人媳婦這條路的，只顧著圈住自己的寶貝兒子，不甘心將自己一手拉拔大的兒子拱手讓給另一個女人，把媳婦看作是來搶兒子的女（敵）人……有這樣變態心思的婆婆，怎麼可能有好的婆媳關係；老是被侵門踏戶、掀被子的媳婦，又怎麼生得出孩子；生不出孩子的媳婦，又被婆婆埋怨說：「一定是妳身體不好」「一定是妳給兒子帶來霉運」……可見電視上演的惡婆婆情節，並不是憑空杜撰的。

我的看法是，凡事都是相互的，有好婆婆，自然就有好媳婦。婆婆不見得要做到把媳婦當作是自己的女兒，但起碼要把她當作是兒子的媳婦，要正視媳婦是兒子的老婆這件事，這樣子婆媳才能相處。

據我觀察，還有一種婆媳戰爭是上演在豪門裡的。大戶人家自己訂了一些不成文的規矩，規定入門的媳婦：要請安、奉茶、奉飯，要穿戴體面，要傳宗接代（一定要生男）……因為媳婦嫁進豪門裡，跟著沾享權貴，就得遵守權貴家裡的所有規矩，不能有一丁點的怠慢。豪門媳婦的老公若在外面有些什麼拈花惹草的情事，婆婆也會極力護著兒子，除非是遇上什麼危險或棘手的事，才會推給媳婦出去處理。聽來很不可思議的情節，但確實真有其事。

還好，現在大多數的職業婦女都不跟婆家住一起。婆媳不在同一個屋簷下的好處是，彼此相處的時間少，產生磨擦的機會也就減少。偶爾相處時，只要相互謹守分際，大多能夠相安無事，婆媳之間也就不會有太大的問題。

起家厝

民國五十九年，軍事情報局的福利中心在石牌購得一大片土地，並將其切分為數百塊建地，開放給局裡同仁購地自建屋舍。由於分配之後仍有餘地，便開放給榮總員工認購。於是，我們家便以至妹的名義購入一塊建地，並委託當時承建這一大片土地建案的建商蓋房。從買地到房子蓋好、交屋，歷經了波折且漫長的四年，民國六十三年，我們終於遷進李家在台灣的第一棟私有自宅，四房兩廳兩衛，還有一個院子。

我娘期望李家在台灣有房產的夢想也圓了。

擁有自己的房產是家裡的一件大事、好事，但畢竟買地、蓋房是一大筆現金支出，所以一直到入住的這段期間，家中經濟確實有點拮据，有時還入不敷出，日子並不是太好過。再者，此時兩個小孩已上小學，唸的又是私立學校，學費等同於大學學費，每到學期開始，我和至妹兩人就會為了繳孩子的學費而焦頭爛額。還好她生性節儉，又很會打理生活，才總能勉強度過錢關。

後來，隨著台灣的經濟起飛，軍公教年年調薪，我的職務、薪資雙雙上調，家中經濟狀況漸入佳境，日子也愈來愈好過。

搬到這個「起家厝」以來，除了我父母親

曾來跟我們住過一段很長的時間，我弟弟的女兒也來同住過兩年，還有我的岳父、至妹的親姐姐（從大陸來台探親）都來住過。至妹就是如此心胸寬大，不論對我的家人或她的家人都是一樣的。

民國六十六年七月底，強烈颱風薇拉侵台。那天晚上，氣象中心主任因發不出加班費而叫我回家。狂風暴雨肆虐中，被風吹下的招牌四處飛散，碎片有如利刃隨狂風亂舞，街景就像世界末日來臨般教人驚悚，連公車都沒辦法繼續前行，便在半途把乘客趕下車。無奈被趕下了公車，也招不到計程車，我的心真是慌亂極了，此時卻迎面走來一位美女對著我叫「大哥」，已經被暴風雨嚇到歇斯底里的她說：「這位大哥，你到哪兒，我就跟著，你帶著我。」我回她說：「我也回不去啊。我打算去住旅館。」她竟也六神無主地說：「我跟你去住旅館。」

無路可走的我心想，眼下真回不了家了，那只好先打個電話跟老婆報備吧。但是，電話一接通，至妹也語帶驚嚇地說：「家裡窗子被吹破了，冷氣機也摔下來了，你能不能回來啊？」我二話不說地立刻回答：「好。我馬上回來。」也正巧來了一輛計程車，車上的人一下車，我一腳就擋到門邊，強要司機載我。那麼可怕的天候和景象，司機當然也不想賣命賺錢，他說：「不載了。」我說：「不行。你不載我，我就不走，我們就賴在這裡，誰也走不了。」於是，我讓那女孩跟著我一起坐上計程車，送她到社子附近，我再繼續搭回石牌。

一到家，看見至妹還在那兒想方設法釘木板擋風，鐵窗框哪，怎是釘得上的？總之，那一晚很慘，整個二樓都淹水，地板、裝潢和家具也都完蛋了。後來，我們把二樓整個改建，把原本的陽台也打掉，一整個大工程，花了不少錢。

說實在話，因為工作的關係，颱風來的時候，我大多必須留守在辦公室裡，幾乎都是不在家的。早些年，颱風又多，只要颱風一來，總統府就找我去，因為經國先生只相信我做的預報，我們的起家厝，多虧了有至妹在風雨中一次又一次地守護著，儘管有時至妹也是心驚膽顫的，緊張地打電話到我辦公室來求救，至妹於我於家就像我們的起家厝一樣，始終是一股最安定的力量。

▼至妹，與我們的起家厝

▼至妹身上這套衣服，是我給她買的，她很喜歡，一穿穿了四十年，由此也看出她的節儉。

3

Romance

盡在不言中的愛意

大手筆生日PARTY

我是生性很浪漫的人。在約會的階段，就很會寫情書，情長紙也長，一個晚上就可以寫一卷長紙，滿紙濃濃的相思與情意。結了婚之後，所有的日子也都記得很清楚，特別是這兩個日子：農曆五月二十七日，至妹的生日；國曆十月十八日，我們的結婚紀念日。

但有時家事與公事一忙亂起來也是會臨時忘記的，尤其那時又沒有智慧型手機可以設定提醒。有幾次是真的忙到忘了，雖說事後做了補救，仍難免挨了白眼和幾句微詞。後來，我就強記到心上了，最最起碼的農曆五月二十七日和國曆十月十八日這個兩日子是絕對不能忘的。喔！還有情人節，被商人炒作得想忘也難。

例如，每逢至妹的生日，我一定請花店送一百朵紅玫瑰花到她的辦公室去，卡片上只寫：「生日快樂」，署名：「知名不具」。辦公室裡嘛，女人多，愛比較，我這樣大手筆送花，可以引來話題，多少滿足女人的虛榮心。

民國六十二年，至妹三十歲，在她生日之前，她就一再表達：「希望能有一個生日派對。」因為呢，她的一個朋友嫁給醫生，那醫生在她朋友生日那天，安排到新店的一個花園裡擺了個大大的生日宴會，被大家說得有多好、多風光的……所以，眼見她的三十歲生日也快到了，周遭的人都頻頻問她：「妳三十歲生日怎麼過啊？」她就每天回來跟我叨念：「要怎麼過啊？」

但那時候，我們正在蓋「起家厝」，手頭很不寬裕，兩個人的薪水加起來才一千多元，還要負擔兩個孩子的教育費、給雙方家長的孝親費，常常都入不敷出了，我怎麼比照人家醫生的排場去給她辦一個風光派對啊？可是，煩惱歸煩惱，該來的還是會來，該做的還是要做。她既然提出願望了，我就得想辦法去達成啊。

有一天上班時，我剛好跟一位美軍顧問

David 在閒聊，不知怎的就提到了我擱在心中多日的煩惱事，David 便給我出了個好主意說：「小事情啊，你可以租用我們的軍官俱樂部。」於是，我就委請他去幫我接洽場地。

有了場地，那衣服呢？我心想，總要打扮得體面，應該去做件長禮服吧；但這又傷透我腦筋了，訂作一套長禮服得花上好多錢啊。正好那時，她有一位客戶，是從泰國回來做體檢的華僑，特地送了她一塊泰絲布料，紫紅色的，上有小花，很漂亮，我們就拿去裁縫店裡，告訴裁縫師想法，給她量身訂做了一件有點斜肩、微低胸的長禮服。我又再幫她搭了條小白絲巾和一雙高跟鞋。

到了她生日當天，我央請我母親幫我們帶一晚孩子，我說：「今天是至妹生日，晚上我們要去跳舞，會回來晚一點，請您幫我們的忙，帶一下孩子。」我還說：「兩個孩子如果累了、想睡了，就跟您睡一晚，我們會很晚回來，就不去吵醒您。」我母親對我們很好，很擔待地幫了我們，讓我們沒有後顧之憂地出去玩一個晚上。

那天晚上真的是很風光又浪漫。一來，美軍軍官俱樂部那個場所可不是平常人進得去的，更何況我還包場。二來，餐飲也不一般，是當時最時髦的buffet自助餐，有一個很大的烤牛臀，各式菜色與甜點，還有無限暢飲的酒水，包括：可樂，這可是那個時代最熱門的高級飲料。

美軍軍官俱樂部，顧名思義，就是專門提供給美國軍官和軍眷使用的娛樂場所，有餐廳、有咖啡廳、有酒吧、有舞台、有舞池，還有拉bar機台。在當時，是很「炫」的地方。我竟然可以包場幫至妹辦「生日趴」，還找來八十個賓客同歡，當然是很了不得的風光。我想，即使到了現在，也是沒幾個老公可以辦到的事。

那一晚，想當然爾，身為全場目光焦點、主角、生日壽星的她有多麼無比的風光，既玩得、舞得盡興，她的手氣更是不錯，一拉bar，還掉了五十元下來。而那一晚的總費用，我也才花了八十元。

派對結束後，我問她：「妳還滿意嗎？」她看了我一眼，沒說什麼。但我從她的眼神和表情裡看得出來，她是很開心的，她終於也可以完全證實之前跟人家講的：「我嫁的丈夫並不是你們想像的那麼沒有情調。」的確，這一場生日派對也轟動了整個榮總。

那麼浪漫的一晚，自然誘發很多非日常的情愫，回到家之後，雖然兩人都已經累癱了，還是很激情、很瘋狂、有求必應地……她從年輕時就喜歡跳舞，可是生了小孩之後，我們兩人就幾乎再也沒去跳過舞，也沒有這麼情緒高昂的浪漫……現在回想起來，她的三十歲生日派對始終是我們倆人生中最浪漫的一晚，即使已經過了快半世紀，仍然令人回味無窮。

後來呢，大概是年紀漸長，我們就沒再怎麼刻意去過這些日子了。有時，就是兩個人一起出去吃個大餐。近來比較特別的一次是：幾年前，我們和幾個朋友組團去克羅埃西亞旅行，剛好遇上十月十八日，我們的結婚紀念日，我先是給她買了一個潘朵拉的銀手鍊和十多個吊飾，當晚吃飯時，我又跟同團的友人宣布：「今天是我們的結婚紀念日，我開兩瓶紅酒請大家喝。」她開心得不得了，覺得好有面子。

還有一件事也是幾乎轟動全榮總的。我們結婚的隔年四月，突然冷鋒南下，來了一個大寒流，她一早出門時，天氣還很熱，過了中午，氣溫急轉直下到攝氏十度，我怕她晚上回家會受凍，便打包了大衣，坐上公路局，專程送衣服到榮總給她。這種做了馬上就有人看到的，「做面子」的事，我都會主動做得很好。

但也不光是「做面子」就足夠了。關於「愛」的表達，她要求我要說出口，可我是有些大男人主義作祟吧，很難把「我愛妳」掛在嘴邊，以致於從來不曾對她講過：「我愛妳。」就像，我很愛我的父母親，但我也不會對他們說出「我愛你」這三個字。我喜歡以送花、送禮物、一些日常的關心和感動去表達我對她的愛意，通常是大家看得到的，但私底下兩個人在一起時，我就很少做，沒人看到嘛，可能偶爾會擁抱一下，也不是常常。

▼我家院子的銀杏

牽手趣旅行

我是民國七十八年退伍的。不久之後，進入民國八十年代，台灣剛開放出國觀光，公務員也可以赴大陸探親，而我的兩個孩子也已經都大學畢業了。所以，從民國八十多年起，我們就開始前往大陸探親、旅遊，三、四十年下來，早已把大陸整個跑遍了，有的地方還不只去過一次，而是好幾次。每一趟旅遊都由我親自設計行程。

我記得，第一次去了上海、杭州、北京，第二次去了雲南、貴州，然後又去了山東……有點像是尋根之旅吧。我是在貴州長大的，所以去貴州的次數最多，光是貴陽就去了五、六趟吧；而山東，是我的出生地，也去很多次；她的老家湖南，我們也常去。其他如：九寨溝、南北疆和絲路、西藏、香格里拉、稻城亞丁、內蒙古、哈爾濱、萬里長城、銀川、滿州里……整個中國大陸，大概就只剩青海寧夏自治區沒去。

那些年常往大陸跑，除了探親之外，一來語言相通，二來飛行旅程短、旅遊天數不長，對於還沒退休的我們，是最適合的出遊地點。我永生難忘的一幕是，有一年的二月，我們去哈爾濱看冰雕，零下二、三十度的冰天雪地，連黑龍江都結冰了，至妹站在黑龍江上拍照留影，

當時五十多歲的她，在雪白的天地裡，就像是小女生一般的純淨，教人心生愛戀……彼時彼景，至今我都還深刻印在腦海裡。

▼至妹站在黑龍江江心

至妹最喜愛大自然風光。從年輕時，我和她的約會經常是倘佯在台北市近郊的山間水邊。孩子們都長大之後，她嗜好登山健行，休假時總愛和山友們相約去爬山，心臟功能和肺活量相當的好，旅遊行程裡的徒步、登高，對她而言，完全不是問題。或許是因為居住在亞熱帶的台灣，至妹對雪景別有莫名的憧憬，尤其在合歡山親眼見過一場雪中即景之後，就更想望北國的無垠雪白。舉凡：自然風光、山色、雪景、小鎮……只要是她愛的，我都想方設法安排。

走遍了中國大陸的大山大水，我們也去過美國西岸幾個城市，有一次從西雅圖搭上前往阿拉斯加的郵輪，再包租直昇機飛到冰原，從空中俯瞰冰封世界的壯麗；我們也跑了歐洲很多趟，北歐四國，德國、瑞士、法國、捷克，東歐和巴爾幹半島……捨棄遊人如織的觀光大城，如倫敦、巴黎、米蘭，而專挑景致秀麗的小城鎮，每一趟都是十二到十五天的深度旅遊，由我自己設計行程，再和熟識的朋友一起組團，搭商務艙，住豪華旅館，非常愜意的玩法。

繞著地球跑了那麼多年，總結下來，她最鍾情於歐洲，尤其是德國的巴伐利亞區，我們也去了很多次。

N23DC

SANS - SOUCI SARL
SOUCI SARL
29A 506

二〇一五年九月，我和至妹第一次兩人攜手出國「自助旅行」，不同於以往的呼朋引伴、有專車、有領隊的，這一趟旅程就只我們倆，想怎麼隨興、任性都可以，也是最開心的一趟。我們搭阿聯酋A380商務艙，從台北飛到杜拜，轉機六小時，再飛到慕尼黑，然後轉火車去林島——德國南部阿爾卑斯山之路的起點。雖是一路奔波了兩天，但一抵達第一站林島，便忘情於博登湖的美。那一趟，我們去了雙子城、楚格峰，往北來到萊茵河和摩澤爾河的交會——科布倫茲的德意志之角，並在科布倫茲小鎮上，嘗到了名列此生第一好吃的德國豬腳。德國，我們去過很多趟；德國豬腳，也吃了很多；但就屬這一次，印象最深刻。那不是一家什麼名店，只是位於摩澤河畔的一家小路邊攤，先煮過再油炸的豬腳，外皮酥脆、焦香得不得了，裡頭的肉則軟嫩、多汁，真是令人吮指回味無窮哪。

在旅程中，我很喜歡拍照，或是隨手拍下美麗的風景，或是職業病似地以相機記錄下天空奇景，但我最愛拍的還是至妹，我喜歡照片裡有她的容顏、微笑、身影。我也喜歡在旅程中幫她選購衣服和首飾，我們總是隨意走、隨意逛，看到好看的、適合她的便買下。某一次的義、法、荷、德之旅，我們從義大利進德國之前行經一個法屬小鎮，在那兒看上了一件衣服，我用英語去詢價，店裡的人不理我，剛好有一位曾經到過台灣且會說中文的傳教士經過，就幫我們和店家溝通，才終於成交。

我愛和至妹出國旅遊，夫唱婦隨。可能是我都是依著她的喜好去安排行程，所以她就隨興地跟著我走，也不會額外提什麼要求。只有一個要求，也是唯一的要求：飛行行程要舒適，所以，我一定是買商務艙的機位。在旅遊餐食方面，她也沒什麼台灣胃或中國胃的，而是喜歡到處嘗試當地風味餐，如德國香腸，她就很愛，尤其是白色的水煮香腸。

天下第一
織金洞

吉祥如意

那 la
根 ken
拉 la
海拔5190米

拉山
718 m
武當之巔

4
Romance

至死不渝

生命中不能承受之重

民國一百零七年的十月八日，我永遠都不會忘記的一個日子。那一天，至妹突然腹痛難耐，我趕緊帶她去振興醫院急診，立刻安排做了腹部超音波檢查，怎知結果竟是被宣判「大腸癌三期」。當下，我差點暈倒，無法置信，更難以接受，滿腦子裡只有一大堆「怎麼可能」的問號。

至妹是護理人員，平日就很注重身體的保養。在飲食上，她的食量不大，吃東西很注意，少肉少油少鹽，幾乎都吃可以抗癌的食物：茄子、南瓜、地瓜葉、白木耳……我還常笑她：「吃那麼少，像貓一樣。」除了飲食上絲毫不放縱，她平日也都有在運動健身，喜歡接觸大自然，常和朋友去爬山。這麼在意自己健康的人，怎麼會得癌症，又怎麼會是大腸癌呢？我完全沒有辦法相信，哭得很慘。

得知她是大腸癌之後，我也去研究了大腸癌。本來，是不打算讓她開刀的；但後來，我們與主治醫生幾經討論，又決定動手術。我們兩人都懷抱著「可以多活兩年」的希望，所以選擇了「動手術→化療→標靶治療」的療程。

民國一百零七年的十一月八日，她住院接受手術治療，但一開刀，又發現狀況並不是很好，二十三對淋巴已經有二十一對被感染了，結腸也有癌細胞，離肝和腹膜很近……不過，她本人表現得很樂觀，即使身體有病痛。我還記得，她開完刀不久，十一月二十四日，碰上直轄市長及縣市長選舉，她還坐著輪椅去行使投票權。之後，她身體狀況好一點，我帶她去高雄散心、泡溫泉，還去了滿月園、大板根森林遊樂區，慢慢散步，走個一點五公里都沒問題；這一段期間，她的情緒很穩定，精神也不錯，只是比較容易累罷了。

從確認她罹癌之後，我就一直陪伴在她身邊。她想去哪裡，我就想辦法帶她去；她想做什麼，我也陪著她去做；她想吃什麼，我做給她吃……總之，就是盡全力滿足她的想望。

之後，她再住院治療，大半年的時間，我每天都去醫院陪她，醫生和護士都說她是「哪一世修來的好福氣，有這麼好的老公」。因為家住得離醫院很近，通常我一大早起床，就熬湯、煮粥、蒸蛋、打精力湯，早上六點多就帶著愛心早餐到病房，陪她用餐、說說話；但隨著她的身體愈來愈虛弱，變得一直在昏睡，我的心也如刀割般，只求她能病況好轉，多少吃一點我做的食物，多恢復一些元氣，多跟我說幾句話……尤其，晚上回到家，我自己一人處在沒有女主人的家裡，經常不自覺地悲從中來，無助、痛苦、疲累、惶恐……各種負面情緒湧上，夜不安眠、寢不安枕，一人獨自黯然淚下，淚水像是潰堤般，怎麼也止不住。

人，是很脆弱的；情感，也是。做為癌症病人的家屬，一路走來，我的情緒總是複雜。我每天都在擔心她的病情，每天都向天主祈禱三次，請求主賜給我們一點神的力量，但顯然對她的治療沒有任何正向反應……於是，每到夜裡，死亡的陰影在我眼前晃動、揮之不去，我便情感大崩潰，痛苦地哭著問主：「為什麼？為什麼是我？我一生好事做盡，從沒做過傷天害理之事，至妹也是那麼的善良，為什麼是我們？」

隔（民國一百零八）年四月，至妹的癌細胞已經蔓延到肝；此時，我們與醫生討論使用細胞療法，想嘗試爭取一線生機，但因衛生福利部尚未核准細胞治療，只好以其他療法試圖阻斷癌細胞轉移。兩、三個月後，七月間，衛生福利部終於核准了細胞治療，我們立即前往已獲細胞療法許可的中國醫藥學院進行細胞採樣；怎知，才剛採完樣，一回台北，她的身體狀況就每下愈況，連肺也被癌細胞攻佔了。

七月十七日，原本一直虛弱、昏睡的她突然變得很清醒，連銀行密碼都記得清清楚楚的。七月十八日，她告訴我：「想回家。」七月十九日，我們回到家裡，她仍然意識清楚。七月二十日，她便在家中走了。

在至妹人生這最後八個月的陪伴期間，我

幾乎天天以淚洗面。她知道我愛哭，什麼也沒多說，直到走了，也一句話都沒有留給我。

至妹，我這一生中的最愛，最好的妻子、老伴和朋友。她的離去，是我生命中無法承受之重。

別了！我的愛

結髮五十五載，至妹是我這一生的至愛與至親。這半個多世紀以來，有她無怨無悔、默默地陪伴，我的人生才有了多姿多采的風景；她也是我的恩人，我這一生的成就，包括家庭和事業，都要歸功於她：有她在背後的堅定支持，我才能毫無後顧之憂地衝刺事業；有她在背後適時地拉我一把，我才不致像匹脫韁野馬，我才能不必逢迎而仍立足官場。

五十五年來，從一而終的我們，生活如細

水長流，雖偶有風雨，仍在平凡中活出屬於我們的精采，我真的很感謝她。有她與我攜手同行，是我這一輩子最幸運也最幸福的事。

至今，我都還念念不忘她的美麗容顏，那迷人的眼神和那兩個小酒窩。天哪，我真的很愛看她笑的模樣。還有，她總是安安靜靜地、小鳥依人地依偎著我。她的身材也很棒，玲瓏有致，始終維持得很好，即使生了兩個孩子，身材也沒有走樣。我不喜歡那種太肉感的身材，我喜歡她纖細的樣子，讓我可以一手掌握。論外型，她，不是很豔麗，但是我理想中的完美對象。

不只是外表，我也欣賞她的內涵：很傳統、很體貼，不多話、不抱怨，也不會需索無度，凡事恰如其分。她行事低調、負責任，深得主管的信任；她很熱心，熱於助人，有時我都覺得她是熱心過了頭。她總是記得別人對她的好和別人的優點；她不會去嚼舌根，也不會記仇記恨的。她，真的有數不清的優點。

她，在二十歲的時候，就被我追到手了。對於婚姻，我的觀念是老派的：我娶了她，我就要負責到底。她在那麼年輕的時候就將青春和這一輩子給了我，我不能辜負她。一個女孩子真正的青春年華就那麼二十年，從二十歲到四十歲的二十年光景；所以，你如何能讓女人跟了你十年、二十年之後，說她不好、不想和她在一起了，就把她給離棄了呢？做為一個丈夫的責任就是時刻想到家裡的妻子，她是如何在幫忙持家、陪你走過風風雨雨；有責任感，懂感恩，就不會在外面做一些有的沒有的、會讓她難堪的事。

我在外頭有沒有遇到過誘惑、有沒有機會外遇？以我的外表、社經地位，是有的；但我不會去做對不起她、讓她抬不起頭的事。我和她結了婚、成了家，我對她有責任，我對我們合組的家有責任。我對她的愛，是真心誠意的、是一輩子的。

我無法對她說出「我愛妳」三個字，但我喜歡送她禮物、送她花，以禮物和花表達我的愛意。我記得，我送給她的第一件禮物是一件鵝黃色的上衣。那天，我們一起去基隆玩，基隆港附近有很多委託行，我在那兒給她買了一件八十塊錢的進口T恤，尼龍料，是當時最流行、最高級的衣料。結婚之後，我也常常買衣服給她；她很節儉，捨不得買貴的衣服，從來沒有在衣著上有奢侈需求，所以她的好衣服都是我買的。

有一次，我突然心血來潮，獨自跑去香港玩，一整天在街上閒逛、瞎拚，給她買了一只鑲了鑽石的手環、一條時髦牛仔褲和一雙BALLY的名牌鞋。回到家之後，我兒子大呼：「哇！你出大事情了。竟然一個人跑去香港玩，看媽媽回來怎麼修理你。」我回兒子說：「不會出大事情。我有給她買牛仔褲和BALLY鞋。」兒子又說：「你膽子真大，你怎麼知道她的尺寸或她的喜好？」我說：「你放心，我買的一定合適她。」然後，我拿出鑽石手環，兒子一看，馬上說：「好了，有這個就可以了，其他都不重要了。」那時，才剛時興女性穿牛仔褲，香港的版型又打得漂亮，連褲子的長度，我都請店家修改好了才帶回來。她很喜歡那條牛仔褲，我常見她穿。至於鑽石手環，倒是沒怎麼見她戴。

有一件事，我此生難忘，也特別感激她。若不是她救了我的命，我的生命很可能在五十歲那年就劃下休止符了。

民國七十八年，我五十歲，就打報告申請退伍了，但總司令不讓我退。我向總司令表明：「外頭有人以一個月十七萬的薪資挖角我，這樣的待遇，任何人都會接受的；況且，軍中是一個蘿蔔一個坑，我把我這個坑讓出來之後，下面的人才有機會出頭啊。」誰知，我八月一日又再打了一次報告，八月八日卻因急性肝炎而緊急住進醫院。我剛住進空總時，肝指數高達八百，她和我媽都嚇壞了；住院期間，肝指數持續攀升，八百、一千六，又飆到三千二，然後爆表，眾人束手無策之際，她不知打哪兒取得一帖祕方，用一種黑葉炒蛋、煮水給我吃、喝，住院第五星期，指數竟神奇地下降到九十，醫護人員還以為是驗錯血了呢。住院期間，我心裡其實很擔心，深怕自己出不了院，還沒退休就「走」了，連退休金都拿不到。還好，總司令帶了「准退」

的好消息來醫院探望我，我的肝指數持續下降、身體也漸漸康復了。

自軍中退伍之後，我白天去電視台上班、晚上去外商公司兼差，卻發生了一件令她很不快的事。在外商當業務，經常得接待美國來的資訊工程師，還得陪著去應酬、喝酒；有一晚，十二個人喝了六瓶威士忌，我醉到在車上大哭，覺得自己幹嘛做這種陪酒的工作，更慘的是，十二點多回到家，家門被反鎖了，打電話叫醒她，她一來開門，又免不了一陣數落。她說，她很不高興我一天到晚跑夜店、喝得醉醺醺，還有我常去應酬吃飯的日本料理店，都有小房間，感覺很不正經……後來，我特地帶她去吃日本料理，她才知道那不是什麼不正經的地方，而她從此也喜歡上日本料理。

還有一次，我們大吵。現在想來，真是有趣。她從年輕時就喜歡親近大自然，後來又迷上了爬山，有一群山友，男男女女，三不五時就約去爬山。有一天一大早，大概五點多吧，一個男的跑到家裡按門鈴，說是找她去爬山，我一聽就火大了，等她回到家之後，就和她大吵一架，她覺得我根本就是莫名其妙，他們一群人去爬山，我幹嘛光火。我生什麼氣，不就是吃醋嘛。哈哈。

她生氣的時候，會把陳年往事全都一股腦地搬出來，然後愈罵愈激昂，就說：「我真是不應該嫁給你。」「嫁給你，很不值。」……等到吵完、兩人都平靜下來，我就跟她說：「這麼多年了，如果妳真覺得那麼不值，妳早就離開我了。」

我不是吃定她，而是兩個人在一起那麼久，她很清楚我所做的一切，以及我給她的安全感。無論家裡發生任何事，包括她家的事，我都能解決。

有一次，我岳父因為割痔瘡住院，而她自己也是工作、家裡兩頭忙，那段期間都是我在醫院陪她父親的，我對她父親的照料，讓醫護人員誤以為我是他兒子呢。

我對我岳母也是一樣。民國六十九年，有

一天夜裡十一點多，至妹突然接到她家裡的通知說，她媽媽昏迷被送進三總急診室，我趕緊騎摩拖車載她去三總，她媽媽昏迷中，卻不見醫生來，大夥慌亂成一團，我跑去問值班護士：「醫生呢？」她說：「現在沒有醫生。」我一看，這怎麼行，就說要轉院，幾經波折與口舌，才終於安排了耕莘醫院派救護車來，把她媽媽接到耕莘醫院。之後，我在醫院守了三天，我岳母才清醒過來，那裡的醫護人員也一樣誤以為我是兒子。

至妹的親姐姐，在民國三十八年時，沒能跟著撤到台灣來，一直住在他們大陸的老家，兩岸開放探親之後，她姐姐從大陸來台灣探親時，待不住她娘家，倒是在我家住了六個月。

對於她家的人，我是很盡心的。因為我知道她很孝順，不僅孝敬她的父母親，也孝敬我的父母親，所以我也竭盡所能地做。我的所做所為，都讓她很有安全感，讓她很安心、很放心。遇上任何重大的事，她都很清楚，我有能力給她支撐。

只是，我有能力幫她解決問題，我有能力讓她過好生活，我卻沒有能力留下她。往日歷歷，猶如昨日，可至妹和我卻已是天人永隔了。

5

Romance

蘋果咬一口

我的蘋果理論

關於男女情愛與責任，我有一個理論，我稱之「蘋果理論」：選擇結婚對象就如同在水果攤上選蘋果，千挑萬選地決定了一顆，買了，就是認定了，不能夠把咬了一口的蘋果退回去。因為，那顆蘋果是自己挑的，就要自己負責任，怎能咬了一口之後，覺得不好吃，就要退貨或丟掉。也就是：如果不能對自己的選擇負責任，當初就不要去做選擇。

在我們那個時代，我們所認定的真愛，跟

現在很不一樣。我們不把戀愛當作遊戲，絕不會想做就做，更不會做完了隨時想丟就丟。就像我的「蘋果理論」，這是一個你所選擇的東西，選了，擁有了，就要永遠保留在身邊；不然，就不要去選。

我的觀念或許是老派吧。但，這是責任感。身為一個男人，不只有需求，還要有責任感。所以，自己選擇了對象，跟她結了婚，就要對她負責任，對兩人共組的家庭負責任，對兩人一起生下的孩子負責任。這種責任心是不能隨便放棄的。

我們那個時代重視貞操，至今我還是這麼認為：女人要堅持一件事，保持完璧，忠貞於一個男人。一個女孩子倘若只跟一個男人有過親密關係，她不會再想第二個男人；一個女孩子若跟很多男人有親密關係，那離婚就很隨便了。我們不會離婚，因為我們就是一對一，我選擇了她，她選擇了我，我對她負責任，她對我忠貞不二。

生而為人，禮義廉恥的禮教應該要遵從，男婚女嫁需要有正確的觀念，不應該是玩玩的遊戲。我們是人、不是動物，不可以像A片那樣，那是不正確的。男女濫交的結果，也顯現在不孕率上，太多的性關係，導致需要以藥物進行避孕，等到需要生小孩的時候，原本的生理結構已經被打亂了，結果生育能力就變得有問題了。

民國五、六十年代，結了婚之後，很快就

懷孕、生子，是再自然不過的事兒。那個年代的生育狀況，一家生五個孩子，根本就是正常值。也因為生育率高，為了控制人口增長幅度，政府還推行計劃生育，可還記得那時的口號：「一個不算少，兩個恰恰好。」回想起來，那個年代，不想生孩子比生孩子還難，一個不注意，孩子就來了；怕孩子一個接著一個來，教養喘不過氣，甚至得想方設法以最自然的方式避免懷孕；但有時，用了各種方法，孩子就是要來。

可現在，為什麼不孕症變得那麼尋常呢？再怎麼想要孩子，孩子就是不來呢？我的觀察是：交友的變化影響了生育能力。想當年，婚前性行為是不被允許的，新婚之夜才破處是理所當然的，有些婆婆甚至會在新人洞房花燭夜的隔天一早就來收床單檢驗。男、女雙方都在婚後才享受魚水之歡，以激情為兩人的感情加溫，沒有什麼擔憂未婚懷孕、奉子成婚的壓力，受孕就極容易。現在呢，拜藥學、醫學進步之賜，服個藥物就能避孕，甚或人工流產手術，紊亂了自然生理，待想生孩子時，身體的配合度就產生了問題。所以，我奉勸，時下的年輕男女，在交往前要三思，多為對方設想一些。

浪漫是什麼

對我而言，浪漫的定義就是責任：很專心一意地對待一個人，不會三心二意。所以，我和至妹的婚姻一直維持，十年、二十年、三十年、四十年、五十年……我們從一而終，遵守結婚時相互許下的諾言，相愛、相守一輩子，直到死亡將我們分離。

儘管，我無法對她說出：「我愛妳。」我始終是把她放在心上的。即使，我們一起走過半個世紀的風雨，一起慢慢地變老了，我看她還是當年二十歲時就被我騙到手的她，我對她的愛還如當年那般真誠，而且更多了這五十多年來的衷心感謝。

我從來不否認自己的大男人主義，但我也很顧家，而且把「顧家」做得很好，不只顧我們兩人合組的家，也顧到我們兩人各自的原生家庭。打從一開始要成家，我就很清楚，我的責任是什麼，我也做到了。

我知道，生活裡的柴米油鹽醬醋茶，兩個大家庭的總總煩瑣，來自工作、職場上的壓力……總是會對彼此帶來一些磨擦、消磨掉一些耐心，但終究會苦盡甘來，有倒吃甘蔗般的甜蜜。

五十多年來，我們彼此都為對方做了很多，

還包括愛屋及烏，有時默默地做，有時高調地做。一路走來，我們的心中都有愛，也心懷感恩。我認為，這才是真正的浪漫。

後記

給至妹的一封信

親愛的至妹：

妳離開已經快一年了。這一年的時間，過得很慢，也過得很快。慢的是，沒有妳的日子，我的每一天都是度日如年的難受；快的是，即使我再難受，時間也是一分一秒地往前走，不會停留，然後，一年竟然也就這麼過去了。一年了，我還是沒辦法習慣，我不習慣在沒有妳的家裡過日子。我想妳，無時無刻都很想妳。

從妳被確診罹癌到離世，老天爺只殘酷地給了我二百八十八天的時間陪妳。我真的很難接受這樣的事實。從妳離開的那一天起，我的世界崩塌了，我關閉我自己，我行屍走肉般，我失了魂，我了無生趣，我不知道該怎麼繼續活下去……我只剩下眼淚，多到止不住的潰堤淚水。是的，如妳預期的，我很愛哭。我一直哭，哭到眼睛都快瞎了，哭到精神科醫生要我服用抗憂鬱藥物……旁人都勸著我要放下、要走出來，我也以為時間可以治療一切，但真的，太難了。

這段期間，親朋好友的聚會，我即使勉為其難地去了，也是失魂落魄、語無倫次、有一搭沒一搭地參與；還有，我也辭去了所有的演講邀約……對我而言，所有的事情都變得沒有意義了。妳，我唯一的伴侶，唯一欣賞我的人，已經不在了……

近來，我開始出門活動了，但少了妳，這世界彷若失了色彩，我絲毫提不起一丁點興致……偶爾經過服飾店，我還是會駐足，腦子裡想著進店裡幫妳挑選一件衣服，可一回神，察覺妳已不在了的事實，就又是一陣老淚縱橫……最近，芒果季到了，我切開了芒果，又如往常般，自個兒吃了中間的部分，留下完整的兩片想和妳分食……

好難，真的好難啊。沒有妳的日子，太難過了。到底要怎樣才能習慣沒有妳的日子，我也不知道。

一年了，不管我有多難受，時間還是一樣地往前走。沒有生活目標的我，像是走進了八卦陣裡，迷失了方向，也找不到出路，只有思念妳的心痛從各方湧來，排山倒海地，我怎麼也躲不過，我只能任憑這心痛啃噬我……我等著，上帝來召喚我的那一天；我想著，和妳在天上重逢的那一天。

至妹，請等等我。

*

我知道，這是一封寄不出去的信。我只是

痴心妄想著，想再和至妹說說話。

回首與至妹從交往、戀愛到結縭的五十多年牽手人生，我們從貧困到富足，一起走遍世界各地，有苦、有淚、有歡笑、有幸福，至妹永遠是那股最穩定的力量，穩穩地支持著這個家和我。有至妹，我的人生風景才有了豐富的美景和浪漫樂章。至妹，是我這一生中最感恩、也最思念的人，永遠。

謹以此書，獻給我的至愛——情牽半世紀的至妹。

經典系列 3

張至妹、李富城的浪漫年代

屬於我們的老派情懷

・作者　　　李富城
・主編　　　彭寶彬
・美術設計　張峻樑

・發行人　　彭寶彬
・出版者　　誌成文化有限公司
116 台北市木新路三段 232 巷 45 弄 3 號 1 樓
電話：(02)2938-1078 傳真：(02)2937-8506
台北富邦銀行 木柵分行（012）
帳號：321-102-111142
戶名：誌成文化有限公司

・總經銷　　采舍國際有限公司 www.silkbook.com 新絲路網路書店

・出版 /　2020 年 7 月 20 日 初版一刷
・ISBN /　978-986-96187-9-3(平裝)
・定價 /　新台幣 280 元

國家圖書館出版品預行編目 (CIP) 資料

張至妹、李富城的浪漫年代：屬於我們的老派情懷 / 李富城著
-- 初版 . -- 臺北市 : 誌成文化 , 2020.07
176 面 ; 14.8×21 公分 . --（經典系列 ; 3)
ISBN 978-986-96187-9-3(平裝)
863.55　　109009118